如心

素恕◎著

团结出版社
UNITY PRESS

图书在版编目（CIP）数据

如心／素恕著．－－北京：团结出版社，2023.12
ISBN 978－7－5234－0665－6

Ⅰ．①如… Ⅱ．①素… Ⅲ．①诗集－中国－当代
Ⅳ．①I227

中国国家版本馆 CIP 数据核字（2023）第 230008 号

出　　版：团结出版社
　　　　　（北京市东城区东皇城根南街 84 号　邮编：100006）
电　　话：(010) 65228880　65244790
网　　址：http：//www. tjpress. com
E－mail：65244790@163. com
经　　销：全国新华书店
印　　刷：北京荣泰印刷有限公司
装　　订：北京荣泰印刷有限公司

开　　本：152mm×220mm　16 开
印　　张：14
字　　数：110 千字
版　　次：2024 年 1 月　第 1 版
印　　次：2024 年 1 月　第 1 次印刷

ISBN：978－7－5234－0665－6
定　　价：58. 00 元

目 录

1

墨色雪

砚台不是岸

而你选择在那搁浅

走过的痕迹

如流年曲折的脉络

想要描摹

却无从下笔

宣纸如溪水涤荡过的清白

你眼眸里

还凝着少年的澄澈

你低头拿笔

宣纸上又下了一场墨色雪

山 梦

你带我去你隐居的山

孤单的竹子

热闹的庙宇

零落的木鱼声

人们焚香点烛

沐浴更衣

企图拥有更干净的躯体

而我唯独迷恋

这里空灵清脆的鸟叫声

比笛声更加悠长

只差一场大雪

就可以在这山中

静静白头

空 镜

我想要你的铜镜

那千年遗留下的

掺杂铜绿的金属光泽

像幽灵的吻

冷峻而缠绵

谁的箫声

乘风而来

吹乱午夜的霓裳

风沙埋起雕花的步摇

古琴弦被锈迹侵染

动一动都是重重的痕

月光清冷

足以照醒一场梦

乱 钟

我想拨乱那面钟

让时针分针秒针

甚至年代

统统都换一个位置

换到一个迈出一步

不需迟疑的时辰

我笃信

这样或许能换一次

更早的相识

祈年

又有几颗燃烧的石头

落了下来

有人双手合十

许下一个个荒诞的

愿望

直到愿望和石头一起

熄灭于远方

他们还期盼着

来年风调雨顺

五谷丰登

梦游

山上有风

我确定山上有风

等不到天明

等不到梦醒

等不到一双

长途跋涉的战靴

赤脚踩冰雪

冲上山顶

想再听到

那些真切的

风铃声

仰

如何也描摹不来

你钟情的写意山水

如何也研磨不出

不越雷池的情绪

你垂涎一个亭子

精密的榫卯结构

我只想植下满山雏菊

等一只青鸟

恰好飞过

再温好一壶酒

等一个凯旋的战士

寻味而来

智齿

不该继续发育的年纪

它毫无征兆地长出来

不像从前那些牙齿

整齐排列

各司其职

一颗新牙与一个旧人

格格不入

它洁白得刺眼

它长在一个伤人的位置

常常将我磨出血

它揪着我的神经

如同挟持一个人质

拔与不拔都是一场血战

转 正

全网搜寻的救人小伙

终于被找到

各级媒体大肆报道

他的英勇事迹

通稿在介绍他职业时

不约而同隐去

临时工三个字

小伙的同学刷到新闻

兴奋地给他发信息

转正了？

嘴

十多年前

我在电台当一个菜鸟主播

非科班出身

空有一腔热忱

每每遇到不懂的问题

宁可自己低头琢磨一小时

不敢向前辈们请教

美其名曰钻研

有次遇到技术难题

憋出一身冷汗

台里一位豪爽的大姐

凶狠地说鼻子底下一张嘴

你倒是说话呀

现在我再遇到难题

许多嘴都笑而不语

纸 火 店

某年夏天办案时候

强制腾退一家纸火店

第一次近距离观察

那些最终要烧掉的手工制品

竟然觉得有些精美

同事们汗流浃背

搬运着一些纸家电

纸汽车

纸牌楼

甚至纸平板电脑

好像搬运着一件件贵重的瓷器

突然老板娘骂骂咧咧

搬吧搬吧

你们有需要都搬走

我们朝着骂声望去

烈日之下

那些没来得及刻字的大理石墓碑

过分明亮

晃得人睁不开眼睛

年喜

他的新书卖得好

盗版卖得更好

聊起他的新书时

想起他前段时间一直陪床

顺嘴问了一句

你母亲好些了吗

他说她走了

一个月前还种了一茬菜

除了节哀二字

我想不出别的安慰

他主动切换话题

聊起写作

试图营造一个平和安宁的氛围

仿佛我不知道他的肺已经填满尘埃

被世事的胶着缠成巨型的琥珀

仿佛这个年红灯笼高挂

欢声笑语

一如往常

无证孤独

家里户口本上

属于我的一页

与户主关系那栏

一直是长女

我很好奇计划生育的年代

填表格的选项

为何如此多元

贵为长女

没有等到叫我一声姐姐的人

倒修炼了一身能让人叫哥的本事

听说独生子女有补贴

但我没有办过证件

不能对号入座

抱歉

我一直在这个世界上

无证孤独

死了又何必

和诗友谈到一位

一直很敬佩的民国女子

我佩服她在爱情里的坦荡

在婚姻里的豁达

离婚后的体面

扼腕她痴心一片

没有等到一个归来的浪子

她孤单离世

浪子和另一位佳人凄美合葬

诗友开解说

合葬是古人的追求

不必过于纠结

突然想通

活着不能好好在一起

死了又何必

耳洞

从前我没有耳洞

不堪忍受皮肉之苦

偶尔碰见心仪的耳环

会买来送给有耳洞的朋友

看着她们欢喜我也雀跃

十九岁的一场雨后

我有了五个耳洞

两个是正常的

两个是打歪的

一个是用来收拾残局

后来布局诡异的耳洞

渐渐荒芜

荒芜到有时忘记它们的存在

再遇到中意的耳环

也只是放在手心看一看

然后挂回原来的地方

初 一

难得的自然醒

竟然发生于正月初一的早晨

我再三确认手机上的时间

掐自己的大腿

原来不是梦

我真的醒了

没有人在凌晨恶意放炮

然后肇事逃逸

打开微信

有人抢完红包继续潜水

有人在群里发送焰火的表情

绚烂得很逼真

还没有火药味

避 光 保 存

诗这个东西可能是种禁药

生产的作坊密不透风

凌晨一两点出一批

三四点出一批

匹配着某个失眠人的手机暗色模式

或早醒人的浓浓尿意

装在没有名字的

各种暗色瓶子里

避光保存

行动力

十二点

催我睡觉未果的母亲

在相亲相爱一家人群

转发了熬夜猝死的帖子

戏

剩下的半杯拿铁

在地库被消灭殆尽

蓝牙连接断开

环绕立体声失效

一束光无端打来

教唆指尖在纸杯底游移

演一出

笨拙的皮影戏

她及她们

喜欢上一个女诗人

我不这样说

你们就推测是男的

谁让男的诗人叫作诗人

女的诗人却被叫作女诗人

她有贤惠的外表

说着温柔的狠话

她与繁华格格不入

她于狂欢的人群中冷淡孤绝

她不动声色站在

与他们平行的另一面

当他们将手中的笔开刃

她用拿笔的纤手

硬撑开她们脖子上的锁链

他们呼喊正义

她请求她们身心自由

我以沉默者的卑微

祈求她们和他们共同构成的堤坝

于洪流中安然无恙

不必认识所有鱼

多去认识些诗人吧

对你写诗有帮助

听到这份善意提醒

我独自游回海里

开始静静回忆

刚来小池塘时

也有人提醒

多认识些鱼吧

对你游泳有好处

后来才知道鱼不光吃异类

还吃同类

眼力见儿

老总进电梯后

下属们反应迅速

手机迅速揣兜

脚步抓紧后退

后脚跟踩前脚掌

老总身边空荡荡

空气突然安静

电梯自动语音播报

当前空间有些拥堵

请乘客调整站立位置

建行卡

幼儿园要求

给孩子办理建行卡

退伙食费时用

四岁的儿子

有了人生第一张银行卡

我高一时才有人生第一张卡

也是建行的

父亲打钱到卡上要步行很远

我每次考砸

都不大敢看那张建行卡

好像它能张嘴骂人

秘 密

两位女性朋友

前后脚从微信上和我借钱

一个借两千

一个借三千

最后一句一字不差

千万别让我老公知道

删减版

看到某公众号

推送一部老电影

赶紧重温

越看越觉得陌生

仔细回忆对比

原来那版少十五分钟剧情

垄 断

下班偶遇小区捡废品大娘

正在和保安理论

疫情期间

咋能把外小区人放进来捡东西

肥水不流外人田

我说这几天咋不见矿泉水瓶

草的定义

新买的多肉

盆里三叶草长得极茂盛

有要开花的兆头

担心影响多肉生长

狠心拔去

劝服自己

开不对地方

花也是草

胖眼睛

儿子的咬字

在男孩里算优秀

只是读不清"晃"这个音

每次在黑暗中突然打开灯

他都会哭喊"胖"眼睛

"胖"眼睛

从语言陌生化角度分析

真是个妙句

援 助

儿子要我找彩笔

我问画什么

他说要给玩偶画上漂亮的眼睛

这样它就能看见了

我夸奖他真有爱心

看到他的作品后我后悔了

玩偶的眼睛

是被他用胶带密封住的

担当

车夫坐在马车上

手里的鞭子

时不时抽打前面的马屁股

马拉着车往前跑

车轮吱呀响

车夫催促快点快点

平时喂你草料

就指着你关键时候派上用场

你得有点担当

同窗

赵六升官

王麻子为请吃饭

组建老同学群

念书时话最少的张三

互动最频繁

终于等到天时地利的一天

王麻子准备发一条聚餐群公告

环顾一圈

不见赵六头像

聊天窗口突然弹出

一封圆锁宴电子请柬

风口

成功学大师鼓吹

站在风口上猪都会飞起来

听懂的都给了掌声

但他们忘记问大师

如何紧急迫降

备忘录

梦见一个太白金星造型的师傅

叮嘱我下山以后注意防身

躲得了明枪

还得防着些暗箭

不讲武德的

比比皆是

越是名门正派

越要留点心

归宿

回他老家烧纸

他介绍底下的长辈

给我认识

墓碑按着辈分整齐排列

烧完纸磕完头

他拉着我后退几步

指一块空地说

咱俩以后大概在这个位置

叛 逆

儿子的叛逆

比我的叛逆早到十几年

但症状显著轻微

具体表现在乱背古诗

偶尔加字

而我的症状伤到了脏器

具体表现在乱写现代诗

时常痛心

鼓 的 猫 励

周末早晨

我在草坪上

读新写的诗

一只野猫从身边经过

真切地

"妙"了一声

空头支票

毕业那年为我上班不迟到

家里买的新车先紧着我开

直到开旧

我立志努力工作

好好攒钱

让老爸开上新车

十一年后的今天

我还在为中石油 App

一块五的折扣

排一小时队

价 差

正准备扔点旧书

小区门口来了废品回收车

我问旧书咋收

师傅回一公斤一块二

说话间一跛脚大娘也过来问价

师傅答一公斤一块六

大娘露出满意的笑

我疑惑看向师傅

师傅叹气

住这小区

儿女指定比我有钱

世界

登上 QQ 整理照片

见阿楠头像亮着

想和她说句话

又什么也没说

记得她和我说

衡子是她的全世界

能为他死一百次

但她婚纱照上的新郎

分明不是衡子

好吧

谁也没说世界不能变

出场顺序

单位灯开关

并排三个按键

每次从左开始按

最亮那盏总灭不掉

有次我尝试从右往左按

所有灯都灭了

草原

十八年不曾离开的城市

像图腾一样纹在他身上

高考志愿填完

他陷入另一种迷茫

去过草原的同学

只告诉他牛粪很臭

却没说什么香

他犹豫很久

要不要来

我说牛粪是燃料

点起篝火能照亮夜空

混迹在草中间的

还有野菊和格桑

它们与风正面交锋厮打

然后迅速收兵

它们被同乡的人无视或遗忘

和他熟悉的城市海边

那些晶莹透亮的蓝眼泪一样

母 亲

我们终究迥然不同

像这世上多数的

女儿和母亲

你喜欢在荆棘中拓荒

而我更习惯

从那些逼仄的缝隙中绕过去

我们又有相同的渺小

一生的誓言和怨言

被尘世的风一吹

就了无痕迹

我曾不懂那些夜晚

灯都熄灭了

你还要摸索出

儿时的我的准确位置

用食指穿破黑暗

在我背上

一笔一画

写下那么多字

现在终于明白

那些字是为这首诗准备的

如今我自己

一无所有

仅剩这分行里的寥寥

也是蒙你所赐

重 生

看完一篇元杂剧文章

不小心睡着

梦见关汉卿

大步流星冲上戏台

把刽子手

从临刑的窦娥身边拽走

嘴上说着

都给我停手

剧本改了

全 家 福

有年单位很忙

请不出假

错过了家里长辈寿辰

拍全家福时

有人建议留个空间

后期把我 P 上去

我站在楼道

让同事随便拍了张

发给照相馆

长辈已逝

最近第一次看那张全家福

里面的我很突兀

像是从另一个世界

穿越而来

雨露均沾

朋友圈发了一个作品

二牛没在评论区点赞

却专门打开聊天窗

私信我写得好

我问为什么私信

他说共同好友太多

很难雨露均沾

虚 构

至亲离去的真相

她还不知道

家人虚构了最温和的一种

消沉许久

她终于回到正常的轨迹

生活继续不咸不淡

从前我也讨厌谎言

讨厌虚假的太平

现在我越来越习惯

生活在虚构出的美好中

直到生命的终结

不戳破

不冒犯

讨吉利

周五下午

新来的王倩

换了条红裙子

我问她有啥应酬

她说能有啥

穿红讨个吉利

看周末能不加班不

特 效

王倩在抖音上

发现了个美颜特效

兴奋地喊我

姐 快来试一试

评论区说这个特效

狗用都好看

预 报

食堂洗碗阿姨

和收费小妹说

明天多穿点要变天

小妹问

天气预报播的吗

阿姨说膝盖预报

哭声

楼下的婴儿又哭了

哭声把我拉回

孩子不能睡整觉的那些夜晚

隔着楼板

心跳随着凌乱的脚步声忽快忽慢

浑身肌肉不自觉紧张

打开某音

常做法事祈福那位女子

正在为去世的父亲哭灵

我删了那女子

但这一晚的哭声

一直住在我耳朵里

单曲循环

小英之死

小英是只小乌龟

壳上有粉红色的卡通涂鸦

儿子默认它为女孩

所以取了这个名字

小英不怎么吃东西

总是静止不动

让人误以为它死了

每次我们一用力摇它

它就开始游动起来

今天它又不动

却怎么都摇不醒

它柔软的四肢变得僵直

在水中沉沉浮浮

它的脖子

终于伸直了一次

超度声

一场雨敲醒半个城

我是醒着听雨的人

雨丝渺绵如泪

灌满黑夜的静脉

那些无情的旧人

那些善良的新鬼

在流淌的超度声中

渐渐安宁

我说世界小得惊人

永别的故人

竟可以在幻灭后重现

眼前耳边

她说是你要寻他

叫我怎样呢

深情的尺度

连无常也不知

你要鱼虾的自由

还是浪的自由

安全感

我害怕的人越来越少

像我爱的人也越来越少

我爱的人

渐渐变成我害怕的人

我像一颗硌牙的糖

剥开坚硬的身体

以换得世俗的片刻甜蜜

不想学乌龟

把柔软的身体和秘密

同时装进一具看似坚硬的壳

一辈子都在背着棺材走路

诗 人

他的诗大不如前

我反而开心

快乐的人很少写诗

写诗和快乐我宁愿他是后者

诗人和人我也宁愿他是后者

杀生

我养死了今年的第二只宠物

第一只是叫小英的乌龟

第二只是没名字的螃蟹

看他们的身体

消亡在亚克力笼子里时

杀生的罪恶感超越

把它们放在蒸锅里

很奇怪人类可以接受

主动的屠戮

却接受不了生命在手中

放任自流

就连用抗生素与细菌同归于尽时

也是大义凛然

水 域

大疫三年

没机会去看

远方的一根羽毛

更别说

不重样的江河湖海

溪流和泉

倒是在自己的城市

看到湍急的雨流

从浪漫变得汹涌

不能远游的人

悬浮在柏油路上冲浪

一些入土的真相

也随之浮出水面

青火

梦里烟雾朦胧

我赤脚在旷野中

消亡的古刹香火重燃

心跳和诵经声步步逼近

月光在夜的砧板上

切割着

安静和热闹

烛台灯芯

青色火焰升腾

一点点烧灼

飞蛾的翅膀

早点醒来

兴许

它能不那么痛

才女

一边夸你是才女

一边举着薄命的疯魔的反例

一边称颂你是夜精灵

一边赶你早睡早起

自相矛盾的世界

塑造自相矛盾的你

四大名著作者没一个是才女

所以敢把识得几字的女性

都施舍个萧瑟的称呼

虚荣的表现形式

各个年代都仪态万千

主动或被动

都是一劫

迷 笛

我的耳朵住进蛊惑的声

循着它走

被带到陌生的路上

洒水车走过

喷出诡谲的彩虹

赤橙黄绿青蓝紫

无一缺席

一定是那些寒冷中殒命的

花的魂灵

想给这世界

最后一点颜色看看

告 别 日

我曾想过

千万次的

告别的场景

体面的 不体面的

阳光拂过的清晨

或风不烈的夜

我们最后一次

促膝长谈

没有费心伪装自己

我们放声大笑

抱头哭泣

清点一生的错

不必向乌鸦证明

羽毛的洁白

更无须俯下身子

寻求污泥的认同

一块干净的石头

是唯一信物

镌刻一句来过

且待人间不薄

中年未遂

奋力奔跑

也跟不上健忘的拍子

拽着陌生人

一天讲完大半辈子的事

年轮从脚趾开始

一直缠绕

绕过腰间 脖颈

绕上额头

没有药的时候

也开始喝白开水

对着镜子练习

学着如何慈祥

爱也不那么爱

恨也不那么恨

还可以落泪

只是哭不出声了

麻

青嫩的叶子早摘下了

煎熬成干涩的筋

盘根交错在

余下的节气

还没失忆的残肢

用力抱紧

另一截残肢

扭曲成最牢固的刑具

趁他们狂欢得意时

将那些放肆开着的

嗜血的曼陀罗花

——绞杀

土

铜与铜相撞

是金属原始的吸引

那么土呢

到底是哪种颜色

何种形状

才足够有诚意

让根放下戒备

在干渴的时候

来一场酣饮

寒 潮

把不期而遇的雪

都酿成酒

装进刻满陌生姓名的坛子

饮尽

为一个擦肩而过的路人

把温热的胳膊

裸露在冬天

与风交手

不保留一招一式

所幸

还会痛

十一月三十

不长翅膀的天使

降临在我身边

我用朱红拓下

他纤细的手足印

脐带痂封存在

有名字的印章里

柔软的胎发

扎成毛笔

今天是他的生日

我的重生日

不写诗的日子

不写诗的日子

就默认为风和日丽

现世安稳吧

姑且这样默认吧

不愿说假话

不愿说矫情的真话

不愿在别人的剧里独白

白日的梦话

就写在诗里吧

奈何

穿长衫的人

踉跄在人群中

咳嗽不止

吐出 01010100

二进制的痰

埋着病毒的基因

阳光底下

硅胶凹凸有致

摇曳出扎实的影子

大数据装扮成萨满

求来一场夜雨又一场夜雨

他还是没等到

给荷花打伞的故人

夏天

用了很久才原谅

你的不告而别

来不及看你那么多

叶子的形状

开得正玲珑的花

我键盘上的回车不灵了

很难再写出

从前那样一首诗

你得像我原谅你一般原谅我

在你没有防备的时候

另起一行

信 封

我不再为难你了

我想说的话

你根本装不下

有什么法子呢

今晚月光这么好

路灯也不孤单了

它的影子

好像有一辈子那么长

弯 路

三岁的男孩

坠井超过 88 小时了

视频评论区里

骂声此起彼伏

市政工程是豆腐渣

家长一定在玩手机

博主不要蹭流量

背景音乐太悲伤

我的耳朵里只有哭声

充斥撕裂的绝望

心脏一阵皱缩

好像被灌进了深井里的阴风

无意加入看客群

只是前所未有地渴望

拉我孩子的手

去走那些冗长而安全的弯路

立夏

我们疯狂奔跑

错把麦苗当成青草

直到农夫把我们

从那赶走

我们给稻草人

穿上可爱的裙子

这样饥饿的鸟儿

不会吓跑

整个夏天

为自己的善良洋洋得意

时光的鞭子

把我们从童年的梦里赶出

姥姥的蒸饼

还留下一块

在我们够不到的

另一个世界

咒 语

还要隐姓埋名吗

明明是宿世的仇家

从上辈子追杀至今

附身于蓝血玫瑰

钻进缺氧的玻璃器皿

根脉尽断

还能生起多少尘埃

敢不敢念起那句咒语

让已经上路的一场大雨

再临阵脱逃一次

逆

烟我替你掐了

也别问我凭什么

趁草还没有枯

夕阳还没来得及躲藏

闭上眼睛躺我边上

一起许愿吧

让白发返黑

子弹回到枪膛

我们拥有

刚刚出生的婴儿一样的脸庞

所有落下的叶子

都长回原来的树上

雪 藏

白天的一切

被静静落下的雪

藏起来了

雪上最新鲜的鞋印

来自倦怠

也来自欢脱自由

两个歪灯笼的影子

在雪上融为一体

多像一块红色的

滚烫的心形胎记

仅凭一场雪

已经无力冷藏

春 歌

我从未如此

期待一个春天

尽管我确定

风沙还没学会温柔

兀自钻进我的眼睛

将角膜磨成

不舒适的形状

又如何呢

用眼泪做什么不好

滴灌新鲜的芽叶

濯洗裤脚的风尘

总好过

在一个冬天里

结成冰

假如今天可以永恒

零点已过

爆竹声惊梦

从十楼望出去

全小区的烟花

已经放完一半

大概全城的也是

飞升 炸裂 化作流萤

一年中最奢侈的夜空

太像喧嚣

又昂贵的青春

震耳欲聋

又落为烟尘

很想问你

假如今天可以永恒

你愿不愿做

满天星辉的替身

成 长

读一本老小说

从前觉得可爱的人

现在觉得可笑

从前觉得可恨的人

现在觉得可怜

从前觉得可怕的人

现在觉得可悲

甚至觉得

读的是另一本书

野 步

真山上的假山

显得更假

砖井突出

像极了烟囱

没有一丝风

芦苇丛缄默

掩护着烧剩的纸钱

烟头 戒指盒

阳光洒下

冰躺在水上

光芒万丈

理转文

声嘶力竭跑全马的人

大都掉队了

脸上的油彩还没褪

身披彩虹色爆炸粉

爱情这场马拉松

能跑三分之一

就能领先大多数人

不安的有情人

用婚姻体制化荷尔蒙

像极了高三时

理转文的考生

青玉案·元夕

我用橡皮泥

捏了一只汤圆

为了让它看得见

还做了眼睛

为了让它能说话

还做了嘴巴

为了让它行动自如

还捏了它的脚

它在书桌上笑盈盈看

我放下手中的艾略特

读辛弃疾给它听

东风夜放花千树

更吹落 星如雨

却想起忘记捏耳朵了

病 中

嘴硬没用的

身体最诚实

城墙坍塌

免疫系统失守

爱情和病毒

在血液里开疆扩土

辗转不眠的夜晚

我在文字里

假扮成少年的你

等桃花盛开时

你要和我假扮的你

一同抄经

故 宫 初 雪

雪落太和殿

掸去琉璃上的尘土

石狮身披素纱

透出青铜的光晕

迟钝的花们

来不及凋谢

被碎冰深情包裹

化作绝美的琥珀

古老的禁忌之城

早已见识盛世的熙攘

它大手挥落云里躲藏的晶莹

将王朝的眼泪悉数归还

或许根本不会有风

星辰盛满夜空的时候

我是宇宙最虔诚的居民

总试图循着流星的方向

明确光的来路

偌大的宇宙

静得听得见每一声叹息

叫不出名字的星球

犹如被嵌入骨头的明镜

那不一样的光线

岩层和土壤

会否孕育出轮廓不一的

却同样追寻自由的生命

会否有清澈的溪流蜿蜒向山谷

会否有倔强的藤蔓缠紧

花的一生

会否有一组青铜的编钟

风起时一再交头接耳

发出空灵的声响

或许根本不会有风

或许它来过

又将我的记忆抹去

将我定格成一只

朝生暮死的蜉蝣

少年

起来

我扶你上马

许你擎起草原的苍茫

许你嗅一夏天的格桑

许你忤逆

许你癫狂

许你撕一朵云疗伤

许你和太阳借火

吐出锋芒

许你以诡谲的陈词

证明贤良

许你站在希腊的神殿

守望敦煌

老孔雀

卖冰糖葫芦的老人

逆着风蹬车

雷锋帽上

粘着糖浆

自行车后座

串满拥挤的葡萄

山楂 橘子 青枣

年迈的孔雀

拖着沉重的尾羽

开不了的屏

凝固在春天

卒年详

又有诗人去世

本不该再过分悲伤

毕竟每一分钟

都有离去的各种人

悲情的是

相识缘自永别

诗人的本名

笔名 生平

陌生的代表作

出于敬意被罗列

讣告并不分行

俨然一份载明卒年的简历

带去那边面试

算得上诗鬼还是诗仙

龙 女

二月初二

雪花又来加戏

我们几个属龙的姐妹

围坐一起谈教育

分发了唯一不属龙的妹妹

三亚代购回的粉底

我们终究不是

龙王的女儿

低头或抬头

都不能呼风唤雨

少年时的宏愿

终究涅槃于一个

望子成龙的年纪

递手电筒的人

写诗真的很像

裹着浴巾

在没有路灯的

黑夜里狂奔

没人读懂时

最自在

天赋异禀的知心人

总在递手电筒时

不小心

碰掉浴巾

午夜电影

我不大敢看电影了

无论是在哪里看

看着看着就忘了

银幕内外谁才是演员

他们自顾自聊天

和对面来的行人聊天

走进一间屋子

轻轻带上门

似乎比我更真实一些

银幕外的人以为

演技足够好

就能兼容各种剧情设定

企图用演技征服

自己的观众群

便假装不饿不渴

不那么爱一个人

假装不害怕黑暗中

铁链勒紧喉咙

想 念 金 庸 的 一 天

听说江湖上

最后一本武侠杂志

停刊了

不看武侠多年

还是忘不了启蒙读物

缺了武侠书

江湖还是老样子

人们白天拉弓对决

夜晚咬牙拔箭

被人传染了

节气也开始不讲信用

明明说好是雨水

却胡乱下一场雪

给一位画家朋友（组诗）

模特

十岁时画过的人

老或更老了吧

他们后来又成为

谁的模特

沉默顺从地

摆好姿势

任由不规则的线条

蚯蚓般

爬上脸颊

穿越

折断的画笔

穿过垻孔

西北风的哽咽

旋紧时空的舱门

来不及收拾的

宣纸和诗稿

扶摇而上

漏网的鱼们

大梦初醒

看不清舱门外的

秀水青山

集市

收拾行李

备好盘缠

去远方的村寨

逛一次集市吧

藏起画板和

防身的假面

喝一次山泉水吧

面向人群

勇敢地支起摊位

用熟悉的方言

叫卖我们的余生

心药

氤氲的山色

在纸上忽明忽暗

紧着的心

终于松下来了

听见了王维

不曾听过的水声

从岩石缝隙

汩汩而来

在缺角的砚台里

熬成汤药

崎途

麻雀停在你肩上

凝视颓败的

野长城

几块残砖

在经年的水蚀后

生出墨绿的藓

砖石上的刀疤 箭孔

镇守官兵的

血手印

被千年的风沙

盘了个够

武陵人

你在斗笠下隐居

在一池碧水上

摇着船桨

粉白桃花

夹带奇异的香

停在你耳旁

阳光在纸上

被分解

你雀跃地打捞起

新的颜色

而我在一首诗里

泄露

你的行踪

诗 集

整个梦里

都在试图修补他们

却找不大合适的补丁

有些破碎的言语

拼凑不回完整逻辑

它们明明出自我手

此刻却似乎与我

划清界线

遥远的

像被遗弃的石子

凌乱地躺在各处

标记已经模糊的来路

红海子随想（组诗）

归来

出走的水鸟

终于回来了

我听见

它们没有声母的

单音节的诗

东风吹破的浮冰上

阳光慷慨地

附和

长镜头

车轮向前

执长矛的

蒙古骑兵雕像

一排排

整齐地

从我右边

闪退

像一部电影

在我车窗

倒放着

老磨盘

我停在一个

被遗弃的老磨盘前

看它上面

罗盘一样的皱纹

它从未主动停下

一直紧跟着时间

追着

碾着

油松

怕什么呢

笔挺挺愣在那里

那么汹涌的绿

你压不住的

性子再慢

也到时候了

春天的秘密

一个人

怎么能守住

木都希里丹霞

花色纹理

一圈圈缠绕

岩石缄默的年轮

紧守时光的秘密

那些机灵的光线

从风化的孔洞进去

又从别个不同方向

散出带有奇异颜色的光

岩石掀起沙被

蒙头大睡

早习惯了各种钻营

苏泊罕之夜

白塔之上的星空顶

无须额外的投影

没有边界的绿色绒毯

多适合做场大梦

篝火热心做媒

滚烫地连接陌生与陌生

醉醺醺的情话

只有野兔能听懂

独行的南方客人

要不要预订一场雨

洗去这一路的风尘

将过往的怀疑一并澄清

在风的邀请下

出席一场野花的葬礼

赶在离别之前

再与北极星传一段绯闻

侵略者

这片林的叶子竟然还是绿的

与周遭黄透的杂草

形成

鲜明的对比

断了腿的流浪狗

正在舔舐化脓的伤口

被我的脚步惊扰后

钻进林深处

野鸡腾空而起

又转眼没了踪影

麻雀果然是这个季节

最坚强的鸟儿

在那些枝丫间踱着碎步

寻找这个季节

最坚强的虫子

这是他们的家园

而我是个侵略者

鲸落——悼东航 MU5735 失事

我穿了黑色

我路上碰见的每一个人

都穿了黑色

比任何时候都要统一

手机网页也是黑色

隔着屏幕

我们无法

拭去马赛克后面的泪

只是隔着屏幕

看那一双双手

颤抖着

把已经无法

区分姓名的黑色泥土

一捧一捧装起

拍月亮

听说有月全食

还是血月

错过要再等两千年

今晚我没看见月亮

一台无人机

从我头顶嗡嗡飞过

两台 三台

浩浩荡荡

大概是去拍月亮

向日葵

凡·高把她画得很美

但我总把她的黄色花瓣

误认为是叶子

她笔直的干

在秋天突然变得

脆弱不堪

一刀两断的刺

只有风不怕

上头

我没有酒量

一杯就能上头

在长久的过去

我从不敢提及

我那以酒文化浓厚而著名的家乡

生怕辱没了它

辛苦攒下的名声

上头的事还有许多

比如看到好的诗句

会兴奋得像个傻子

需要喝许多水

镇压

心里的火苗

阿蛟

高考过后

再没见过阿蛟

逃离人口大省

她还是没考上

理想的大学

而我时常怀念她

鲜荔枝一样滑嫩的

没有毛孔的

黄皮肤

笑起来露出

整齐的大白牙

她熟稔地把我袜子

丢进脸盆搓洗

嘴上重复着

蛟是虫字旁

不是女字旁

梁 山

发了几首诗上网

收获一百零八粉丝

粉丝常常点赞

一直没有取关

想在评论区设宴

款待这些好汉

口罩

初五出门

遇到八个铜人

他们都戴了口罩

有的戴了一层

有的戴了两层

我赶紧戴上口罩

以肉身加入金属的阵营

玫 瑰

高二情人节

和杨倩跑到街上

卖玫瑰

批发价两块一朵

我们卖十块

我胆小不敢叫卖

只是抱着花

在路上走

天气很冷

街上情侣不多

挨了一晚上冻

才赚了八十块

刚好够买

怀里剩下的

四十朵玫瑰

失 踪

我爱玩失踪的朋友

有这么几位

扎头发的皮筋

听歌的耳机

和改好的稿

前面的费钱

后面的费命

圈地运动

今春第一场
黄毛风来袭
路两旁的
粉色假桃花树
被掀了个底朝天
想必是真的桃花
派它来圈地

他们一定忘了什么

如何确定

我们现在所拥有的

不是另一个世界的他们

烧给我们的

烧给我们玫瑰

却忘烧给我们爱情

烧给我们房子

却忘烧给我们家园

烧给我们药物

却忘烧给我们健康

烧给我们知识

却忘烧给我们文化

烧给我们武器

却忘烧给我们和平

烧给我们皮囊

却忘烧给我们灵魂

山

她换了个笔名

朴实而中性

文字的血管

还流淌着

熟悉的基因

出卖主人的前生

从前叫那个笔名时

教人家动的心

又用一根

精致的教鞭

一寸一寸

杵回原地

黑 石

坐在湖岸上

盯着水里看

清澈的浪

被风推向岸边的石头

一层一层

袭来又撤退

我从清冽的水中

捧出一块

被水冲得透亮的

黑色石头

将它一生中

最干净的面容

反复打量

体 感 游 戏

周末早晨

听着摇滚切土豆

贝斯缠绕嘶吼声

菜刀和案板相撞

发出诡异的和声

鼓点消失后

圆滑的身体

终于棱角分明

虚惊

听了整夜的歌

醒来后还在右耳

单曲循环

可是左耳听不到了

我反复确认

真的听不到

如此阴霾的早晨

我要接受一个残酷事实

翻身起床

发现掉了的耳机

世界又亮堂了起来

白噪音

为了睡眠

听了一晚落雨声

只有雨的声音

没有真的雨

闭上眼睛

假装雨滴落在身上

睡吧

再不睡被子就湿了

睡吧睡吧

再不睡天就亮了

睡吧睡吧睡吧

再不睡

白噪音就白听了

花醒记

今年的杏花

好像故意躲着我

天天盯着的小骨朵

一不留神就开全了

广播里的歌曲

弹错的和弦

重重摩擦着耳膜

黄灯亮时

我踩刹车

后面的人

疯狂摁喇叭

任性的春天里

我的克制像个笑话

今日头条

老天爷的被子让撕了

大团的棉絮

失了重

往东的往东

往西的往西

天宫后院

起了火

人间的四月

结了冰

假慷慨

跟夜晚借了

接济白天

跟未来借了

接济当下

跟现实借了

接济理想

跟爱我的借了

接济我爱的

我无私给予的

从来都是

别处拿来的

不打借条

从未偿还

鱼 的 叮 嘱

那些没说出口的话

都写在信里吧

总好过

在心里结痂

我这里没有邮筒

你大可以寄去

任何别的地方

只要寄出去就好

我只是条庸俗的鱼

自己的刺

刺着自己的肉

在自己的眼泪里

来回打转

我爱上银匠

新打的镯子

却没有一条美好的手臂

将它戴上

鸽 子

梦大概是

遥远现实的辐射

我像幽灵一样俯瞰

朴实而精致的院子

陌生的他们相视一笑

梧桐下拱手作揖

相谈甚欢

茶水从茶壶流动到茶碗

映照沧桑的

却像少年般的脸

表情国泰民安

我大概在梦里

扮演鸽子

用断翅原谅所有

停留过的假山

梦的玄学

凌晨三点

儿子在睡梦中哭醒

说我删了他的

跑酷游戏

我一边安抚他说

这只是梦

一边怃忑地

重新安装

他刚入睡时

我偷删掉的

游戏

云 的 色 桃

口哨声带我去了那里

清冷的女人嗓音

是那么迷人

夏天这次是真的来了

到了我康复的时候

收起毛毯

穿上裙子

做一些任性的事

比如

这首诗的题目

要从右往左念

给 海 子

多年以后

城市喂马

草原拾粪

狂欢的人在篝火边歌唱

少一个诗人啊

多想让你闻一闻

今年的小黄花

比一九八七年的如何

它配不配拥有一首你的诗

会有一场大雨的

带你看一段废弃的铁轨吧

我们不去等火车

我们做自己的火车

你说的复活是哪种形式

是六十岁的神明少年吗

还是你在月光下

变成庄子

我在梦里变成你

卸妆记

一夜无梦

脸上却有莫名的

烧灼感

大概白天的尘垢

和化妆品胶着太久

发生了未知的

化学反应

困倦中起身

卸掉残妆

拿出手机

读一首别人写的诗

终于可以

干净地

睡了

食 物 链

女孩来到儿子的床边

蝴蝶结是粉红色的

说要来我家住些日子

做他的姐姐

他当时没有拒绝

梦醒后催我

快一点

给他生一个弟弟

或者一只羊羔

随便什么

巢

羊群回家

我是无聊的牧人

兔子出走

狗趴在帐篷

草地湿了

你在我身旁烤火

泥土收留雨水

我收留你

人鱼

如果不会游泳
是会害怕涨潮的
于是一边撤退
一边被落日的网
捕获

海水漫过脚踝
绕成高音谱号
给迟疑的脚步
打了优雅的死结

堆积了太久
一场暴雨
在所难免

多情的乌云

团成伞的形状

园丁树

城市的迎客松

有些矮小

像是卑微的仆人

藏在水泥森林深处

弓下身子

低着头

小心修剪

自己过于蓬松的

影子

亭

我是看的见的

耸在远山上

清晰的棱角

在云里

复刻前世的

模样

鸽子起飞

震响铃铛

琉璃的檐

裙角飞扬

白马的鬃毛

刷过原野

搅乱花香

儿童节

夕阳上升

餐桌上

过期的儿童

追忆错过的日出

夜礼服假面

提前藏好

昂贵的铅笔

写字不再

一笔一画

夏

天色干净

让我有了妄想

将属于冗长白昼的

浓烈颜色

都收集到温柔的夜里

用一阵小雨晕染

到恰当的饱和度

晚风袭来

梧桐轻轻摊开手掌

接住各种自相矛盾的

星象

两 栖

在一池盛放的荷花中

蝌蚪们迅疾穿行

一些已长出

灰色的腿

两条

四条

小小的尾巴

不停游动

游向两栖的

未来

梦外的裁判

如此宁静的夜晚

许久不见了

总是游离在虚实之间

亲眼看见

两个自己在梦里缠斗

没有规则地大打出手

用一种陌生的样子

一边搀扶输了那个

鼻青脸肿的我

一边举起赢了那个

滴血的右手

归 纳

没毛的水蜜桃

无籽的西瓜

不炎热的夏日

不吵闹的婴儿

当事物突破自然属性

与自己背道而驰时

世界显得格外友好

一个半

常听人说

爱情会让人失去自己

一定是谣言吧

最爱他时九十斤

十几年了

非但没有失去自己

还多长出半个自己

鄂尔多斯，我该如何忘记

你是黄河肘弯里

最安静的孩子啊

千万个芦苇摇曳的夜里

水鸟们扇着羽翼，在你睡梦里迁徙

你的身体里有动人的呼吸

那是青铜短剑与铁犁铧的摩擦

是牛羊和勒勒车路过草场

是风中，摇晃着的驼铃

你被月光淘洗过的褥子下

掖着神奇的乌金

掖着盛过粮食的古老陶鬲

也掖着与先贤对饮的酒器

我是你掌心里开出的马兰花

是你矿山上的绿披风

是你明亮的光伏铠甲

我是你旷野里舞蹈的风电叶

是你输过血的兄弟

鄂尔多斯

我该如何忘记

忘记那些硌脚的路

忘记那些风尘仆仆的日子

忘记那些彻夜不眠的灯

这样我就能假装偶然

在秋天的一首即兴诗里

与你再次相遇

饺子

沸腾的锅

像面沸腾的镜子

煮着许多分裂的我

皮是认真擀过的

馅儿是狠狠剁过的

扭曲的花边

守着底线

局促的空间里

我们在滚烫中翻着跟头

一个夹生的我

被另一些成熟的我

托举起来

成为最先出锅的一个

我绝不说这是草原

风一吹就矮一寸

一些脚印就要露出

而那些生灵

我全然不知他们的名字

更不敢打扰

任何一株向日葵

只是学她们

迎着光舒展身体

结出可以轮回的种子

把日落倒带

会不会很像日出

仓颉之歌

矫情的言语

都轻飘飘落下

和那些叶子一样

脆弱 腐朽

然后与泥土融为一体

九月的秋天

我想念仓颉

并期待与他重逢

用他的恩赐

拼凑一首与世不雷同的

赞歌

家 神

二霞结婚三年

没生孩子

家人终于忍无可忍

拉着她去敬拜家神

求赐一个儿子

听说这位家神

是曾祖代的一位妻子

温良恭俭与人无争

难产死亡后

被封为家神

代代供奉

二霞不解

活着的时候

保不住自己和孩子

死后却有能耐

赐福别人

归还——伊金霍洛工业采风有感

在工业园区

我是百无一用的书生

满纸的言语

抵不过一个反应方程

风电机在远处舞蹈

用叶片搅拌旷野的风

成年的泥土凯旋

埋起掘进机的轰鸣

龙的枪色鳞片

拼接成绿衣上的铠甲

打碗碗花的藤蔓

绵延在莫奈潮湿的山野

一层层精灵在龙的身下

举起骄傲的喇叭

大声昭告宇宙

我们正在归还

史官

役使简牍

役使彤管

役使一万尺松烟

点一盏灯

静候时光的钤印

祖先逐水草而居

故事埋进泥土深处

白骆驼驮着峰峦

仰望苍天

阳光穿透云层

晒醒沉睡的草原

早醒诗

匆匆经过

丰腴的夏天

裸露所有

被允许的部分

以血献祭

觅食的雌性蚊子

延续另一物种的子嗣

肉身的膨胀

抵挡不了灵魂的单薄

务实的睡眠

支撑不了一场

完整的梦

早秋如此深情

让人难以招架

云夜

踩着湿漉漉的夜

想送一片白云回家

一场冷雨已经下过

还不舍得离开啊

早知云从来都是白的

更知道那白

是最难擦去的颜色

只是夜还是太黑

足以给所有瞳孔

戴上墨镜

我是如此相信

严冬前还会有一场酣雪

从那执拗的云里来

而我的相信空口无凭

不 是 想 象

总需要有个家乡吧

一个从未离开

还时常惦记的地方

深夜无眠时

就这样起身眺望

凌晨的街景

如何被窗户分割成

面积不一的几份

路灯歇了

醉酒的男人

在马路边缘摇晃

像一枚不确定出路的

黑色跳棋

还不到蝉鸣的时候
夏夜的宁静也不绝对
煤车碾过路面
将黎明从夜色中剥离

查干苏鲁克大典

不用怀疑

此刻天空是哈达蓝的

苏勒德不言一语

是在守护白云安然无恙

回家的游子啊

把祈祷词装进背包吧

让巴音昌呼格草原的风

将灵魂与肉身紧紧捆绑

九十九级吉祥台阶之上

襁褓里的婴儿

在母亲的臂弯里酣睡

白发亲人的目光

在祝颂声中为他披上

应对人间的铠甲

墨绿袍子的年轻女人

流下喜悦的泪水

她婚礼上戴过的红珊瑚发饰

是祖母的祖母留下来的

她如今哼唱的摇篮曲

也一样

雪 墨

昨晚淋过墨的字帖

我又带它来淋雪

蘸雪临贴

残墨的魂魄

又被唤醒

让雪上的字生出

花的轮廓

长出松的枝丫

笔尖的雪墨

勾出眼前的幻境

雪染白头的古人

正对雪酣饮

拈花佐酒时

我一时猜不出

他的年龄

该尊称他为虞兄

还是李兄

单 纯

他是个单纯的人

这是我爱他的原因

单纯不关乎身体

他从不吝啬

向我展示他的无知

从不假装博古通今

从不粉饰对钱和权力的渴望

他的快乐来得很容易

忧伤和愤懑走得很快

超越多数自诩超脱的人

最重要的是

他的好看足够单纯

令我除了爱

没有其他邪念

他是从我分身出去的一个

野灵魂

秋天的药引

去医院的路上

有人无心驻足的好景致

比如此刻

蓝紫色的光

由下而上

打向一棵梧桐树的枝叶

好像一簇幽蓝色静脉上

长出了花瓣形的爪子

它们蓄着力越攥越紧

时刻准备和天空

讨一些公道

包括调整某颗

星星的轨迹

刺 客

约法三章好吗

面具认真戴好

不要让我看见

你脸上的伤

我允许你带着刀来

但不可以用香

不用等满月

此刻就放马过来

只是今晚以后

别再来我梦里撒野

疯 子

他披着床单

在夕阳的投影下走秀

踩着叶子的尸体

相互摩擦出的鼓点

眼神高傲

似天地间的王者

半截钢筋

是他指点江山的戟

熙攘的看客们

被他当作臣民

他忍不住兴奋地狂笑

未眠人

大风突袭城市

它卷起尘土又不规则地撒下

覆盖每一条可以容身的缝隙

我是这城市的未眠人

整个肺被这风卷走

暴露在缺氧的高原

我的天使已经入睡

他做梦的道具

蓝色宝剑 霸王龙

守护着不明去向的 黑夜

浪 费

一沓纸被揉皱

扔进纸篓里

就在刚刚

它们完成了使命

记载或者中转

一些转瞬即逝的

光阴

那些字

最后被敲击成文档

那些纸

团成一朵朵枯萎的白玫瑰

一片

墨色森林

在盯着我看

黑夜和我拜了把子

黑夜称得上仗义

至少不曾缺席

我能追溯的

过往人生

一床棉被

将我隔离

在它怀抱之外

凌晨驶过的车

数着我的心跳

它在天亮前

夺门而出

鱼 的 终 点

凌乱地游动

像一只失控的钟摆

努力把持方向

几次扑向玻璃

鱼缸底的饼干屑

面无表情

一切与他们毫不相干

逼真的水草 珊瑚

红与绿难得的和谐

每一条狭窄的缝隙都

记录着

辽阔的自由

氧气泡凝成一串

维持静好的形状

颁 奖

我想筹划一场颁奖礼

给那些在深夜里辗转不眠的母亲

最佳演技奖

她们用遮瑕膏盖住黑眼圈

抖擞精神

她们隐藏在川流不息人群里

精准到秒的人脸打卡机前

却没有人

看出她们精致的伪装

我愿意在这样的清晨醒来
——给鄂尔多斯

我愿意在这样的清晨醒来

恰好有干净的鸽子落在阳台

就这样与它无声相对

揣测彼此的心事

推开窗户

就看到云清晰的轮廓

想象哪一朵

是乌兰木伦湖水幻化而成

天空的戏台

总有保留剧目

万千水源凝集的云啊

藏着遥远的铁马军阵

调皮的孩子放起风筝

打乱云的队形

细细长长的线绳

牵着甜甜小小的梦

我愿意在这样的清晨醒来

恰好有牧人哼着长调经过

仰望风电机叶片旋转

将蔚蓝的圆时刻等分

小心戴上我

马兰花编成的手环

搀扶新生的羊羔

在晨曦中站起身来

去打理这辽阔的牧场

去听牛群的咀嚼声

耐心收集草尖上新鲜的露水

再酿一壶忘情的烈酒

白马早已按捺不住

只等我跨上鞍来

向远方疾驰而去

从一场梦抵达另一场梦